Seine Kindheit

Am 25. Oktober 1881 kam in Malaga ein Junge auf die Welt, der von seinen hocherfreuten Eltern in der Taufe den Namen Pablo erhielt. Sein voller Name war Pablo Ruiz Picasso.

Schon sehr früh zeigte es sich, daß der kleine Bube eine außergewöhnliche Beobachtungsgabe hatte. Wenn sein Vater, der Zeichenlehrer in Malaga war, seine Lieblingsmotive, Stilleben oder Blumen, malte, interessierte sich Pablo für jedes Detail. Auf den Bildern des Vaters kamen oft Tauben vor, und bald war auch der Sohn von dieser Vorliebe angesteckt. Eines Tages nahm er die kleine Schere der Mutter und schnitt eine Taube aus, so schlicht und schön in der Form, daß man bereits sein späteres Talent erahnen konnte.

Als er zehn Jahre alt war, erhielt sein Vater eine Professur an der Kunstschule in La Coruña, und Pablo begann dort mit Zeichenunterricht. Recht bald schon vergnügte er sich damit, seiner Phantasie freien Lauf zu lassen, indem er die auf seinen Streifzügen durch die Stadt entdeckten Gestalten karikierte und anekdotische Aspekte aus dem Alltagsleben festhielt.

Seine Jugendjahre in Barcelona

Vier Jahre später erlangte Picassos Vater 1895 erneut eine Versetzung, diesmal nach Barcelona. Die Familie kehrte endlich in das Mittelmeerambiente zurück, das sie so vermißt hatte.

Kurz nach der Ankunft in Katalonien erklärte der junge Picasso, er wolle Schüler an der *Llotja* werden, der Kunstschule, an der sein Vater unterrichtete. Obwohl die Eintrittsprüfung als sehr schwer galt und Pablo außerdem das normale Eintrittsalter noch nicht erreicht hatte, war er nicht davon abzuhalten, es zu versuchen. Zur allgemeinen Überraschung hatte er nicht nur Erfolg, sondern bestand sogar mit ausgezeichneten Noten.

Obwohl die Familie Ruiz Picasso nicht weit vom Meer und von der *Llotja* entfernt wohnte, war es für Pablo unbequem, andauernd seine Malutensilien und Zeichnungen hin und her schleppen zu müssen. Deshalb mietete ihm sein Vater schon bald, als er fünfzehn Jahre alt war, ein Atelier noch näher an der Kunstschule. In diesem Atelier, dem allerersten seines Lebens, führte er einen Vorschlag seines Vaters aus und malte das Bild *Wissenschaft und Barmherzigkeit*. Es stellt einen Arzt (Picassos Vater) dar, der in einem ärmlichen Raum einer Kranken (eine Frau, die häufig vor dem Atelier um Almosen bettelte) den Puls fühlt; eine Nonne mit einem Kind auf dem Arm betrachtet die Szene.

DON JOSE
TIA PEPA

Els Quatre Gats

Nach einem kurzen Aufenthalt in Madrid, wo er an der Königlichen Kunstschule San Fernando Unterricht nahm, und in Horta de Sant Joan, um sich bei seinem Freund Pallarès von einer Scharlacherkrankung zu erholen, kehrte Picasso nach Barcelona zurück. Dort fand er seine Freunde von der *Llotja* wieder. Die Verbindung zu seiner Familie hatte sich gelockert, umso reger war der Kontakt zu der Gruppe, die in *Els Quatre Gats* zusammentraf, einem Künstlerlokal und Mittelpunkt der katalanischen Jugendstilbewegung (*Modernisme*). Hier war Picasso Gast am Stammtisch so hervorragender Künstler wie Miquel Utrillo, Ramon Casas und Santiago Rusiñol und kam so in Berührung mit den revolutionärsten Ideen der damaligen Zeit.

In *Els Quatre Gats* schloß er Freundschaft mit Sabartés, Casagemas und Reventós und machte die erste Ausstellung –Portraits seiner Freunde und einige andere Zeichnungen.

Da all seine Freunde ständig hingerissen von Paris schwärmten, beschloß der von diesem Enthusiasmus angesteckte Picasso, sich in Begleitung von Casagemas auch dorthin zu begeben. Sein unermüdlicher Lernwille ließ ihn all das Interessante, das er vorfand, mit großer Aufmerksamkeit beobachten. Besonders faszinierte ihn das Werk von Toulouse-Lautrec und die lebhafte Atmosphäre der Varietés in der französischen Metropole.

Das ist die Zeit der sogenannten *blauen Epoche*. Möglicherweise beeinflußt durch den Tod seines Freundes Casagemas, wandelte sich die Thematik seiner Bilder; Picasso interessierte sich für Menschen, die leiden, deren Leben von Schmerz und Elend geprägt war. Seine Bilder in blauen Schattierungen drücken Trauer und Verlassenheit aus.

Die Welt in rosa

1904 ließ sich Picasso mehr oder weniger definitiv in Frankreich nieder. Anfangs lebte er in einem Atelier mitten im Herzen von Montmartre; in dem Gebäude wohnten in buntem Durcheinander Dichter, Maler und verkrachte Existenzen, zusammen mit einfachen Leuten, die ihren Lebensunterhalt als Näherinnen oder Straßenverkäufer verdienten; alles in allem ein höchst kurioses Ambiente.

Im Herbst dieses Jahres lernte Picasso Fernande Olivier kennen, seine Lebensgefährtin bis 1911. Die neue Umgebung, seine neue Liebe und neue Bekanntschaften befreiten ihn schließlich aus seinem depressiven und eher introvertierten Zustand. Das spiegelt sich auch in seiner Kunst wider; in den Werken dieser Epoche ist die Farbe rosa in allen Schattierungen vorherrschend, und auch die Motive ändern sich.

Damals besuchte Picasso häufig den Zirkus und freundete sich mit den Menschen dort an, die bereitwillig diesem Maler, der sich so für ihr Leben interessierte, Modell standen. Die Figuren der Akrobaten und Gaukler, ihre bunten Kostüme und lebensfrohen Gesichter begeisterten ihn.

Zweifellos sind es die menschlichen, die schöpferischen Momente, die ihn am meisten interessierten. Selten malte er die Artisten bei der täglichen Vorstellung in der Arena; ganz im Gegenteil, sie lockten ihn, wenn sie sich im Kreis der Familie um die Kinder kümmerten, die Wäsche wuschen, den Älteren zuhörten oder neue Nummern ausprobierten.

Eine kleine Welt für sich, animiert und intim, die Picasso mit Stilisierung und farblicher Harmonie in seiner sogenannten *rosa Epoche* festgehalten hat.

Les demoiselles d'Avignon

Den Sommer 1906 verbrachte Picasso in Gósol, einem kleinen Bergdorf in den katalanischen Pyrenäen. Danach begann er in einem Stil zu malen, den man als wahrhaft revolutionär bezeichnen kann.

In dieser Zeit entstand eines seiner berühmtesten Bilder, *Les demoiselles d'Avignon*. In ihm vereinen sich so unterschiedliche Welten wie die iberische Kunst, die afrikanische Kunst und das Werk Cézannes.

Wahrscheinlich hatte er bei einem seiner Besuche im *Musée de l'Homme* in Paris die afrikanischen Skulpturen entdeckt, die ihn sein Leben lang faszinieren sollten, und nun spiegelte er die harmonische Ordnung und plastische Reinheit dieser Kunst in seinem Gemälde wieder. Auch einen Einfluss der iberischen Skulptur kann man erkennen, die im *Prado* vertreten ist, ein Museum, das Picasso bei seinen Aufenthalten in Madrid zu besuchen pflegte.

Aus diesen drei Kunstrichtungen erwächst das Gemälde, durch das Picasso eine neue Ausdrucksweise, den sogenannten *Kubismus*, entwickelte.

Horta de Sant Joan und der Kubismus

Picasso hatte sich bei seinem ersten Aufenthalt 1898 in Horta de Sant Joan so wohl gefühlt, daß er im Jahre 1909 beschloß, mit Fernande Olivier dorthin zurückzukehren.

In dieser kargen Berglandschaft fiel es ihm nicht schwer, Cézannes Richtlinie zu beherzigen und die Natur anhand von Zylinder, Kreis und Kegel zu erfassen. So entstand eine Reihe von Gemälden im kubistischen Stil, in denen die Natur sich aus geometrischen Elementen zusammensetzt.

Im September kehrte das Paar nach Paris zurück, wo Picasso weiterhin mit seinen in Horta de Sant Joan gemachten Erfahrungen experimentierte und diese neue Malweise auch auf Portraits und Stilleben anwandte.

1913 begann er mit der Technik der Collage: Zeitungsfetzen, Stoff oder Tapete vervollständigten seine kubistischen Werke. Er war sehr angetan von dieser Technik, die es ihm erlaubte, seinen Gemälden ganz neue, bisher unerreichte Oberflächenstrukturen zu verleihen.

Im Jahre 1916 überredete ihn sein Freund, der Schriftsteller Jean Cocteau, an einem Bühnenbild für ein russisches Ballettensemble mitzuwirken. Dies war ein weiterer Meilenstein auf Picassos kreativem Weg: noch mehrmals wird er sich an der Welt des Theaters beteiligen.

1920 gebar seine neue Lebensgefährtin Olga Koklova einen Sohn, den sie Pablo nannten. Die Gefühle des Künstlers spiegeln sich in seinen Gemälden wider. Es beginnt eine außerordentlich aktive Epoche, in der er gleichzeitig Werke in ganz unterschiedlichen Stilen schafft.

Drama in Gernika

1935 wird die Ehe mit Olga Koklova geschieden, und Picasso verliebt sich in Marie-Thérèse Walter, von der er eine Tochter, Maya, bekommt.

Im Jahre 1936, als er in Frankreich an Stilleben und Portraits von Marie-Thérèse arbeitete, brach der spanische Bürgerkrieg aus. Der Künstler, der der Republik die Treue hielt, wurde zum Direktor des *Prado*-Museums ernannt.

Die Nachrichten aus Spanien verschlimmerten sich zusehends, und bald fühlte er die Notwendigkeit, an diesem Kampf mit der einzigen Waffe teilzunehmen, die ihm zur Verfügung stand: seiner Kunst. Am 27. April 1937 wurde Gernika, eine kleine Stadt im Baskenland, am Markttag von den Nazis bombardiert. Dieses Drama, das die ganze Welt bewegte, machte einen tiefen Eindruck auf Picasso; als Ausdruck seiner großen Empörung über die Zerstörung malte er das berühmte Bild *Gernika*.

Das großflächige Werk ist in den Farben Weiß, Schwarz und Grau gehalten, die dem ganzen Gemälde den Ton der Katastrophe verleihen. Mythische Elemente drücken die Tragödie des Kriegs und der Unterdrückung aus: das sterbende Pferd, der Stier, der verwundete Soldat, die fliehende Frau, die Mutter mit Kind, die Dunkelheit, nur vom Licht der Öllampe und der Glühbirne erhellt.

Der Rauch von Vallauris

1947 besuchte Picasso eine Keramikausstellung in Vallauris und schloß Freundschaft mit dem Keramisten Georges Ramié, der ihm seine Werkstatt anbot, um dort die Technik auszuprobieren, die sofort das lebhafte Interesse dieses unermüdlichen Künstlers erregt hatte.

Mit seiner damaligen Gefährtin, Françoise Gilot, war er häufig zu Gast in der Werkstatt und begann dort zu arbeiten. Dabei entstanden fröhliche Figuren aus der Mythologie und der Klassik.

In dieser friedlichen Atmosphäre, erfüllt vom Zauber des Feuers, das für die Keramikarbeit unerläßlich ist, wuchs Picassos Begeisterung und ließ ihn Werke schaffen, die eine direkte Verbindung mit der Natur haben.

Ein klares Beispiel für diesen Moment ist das Gemälde *Schwangere Frau*, wo er wieder einmal die Realität seines Lebens in die Welt seiner plastischen Kunst einflicht. In dieser Zeit wurden zwei seiner Kinder aus der Verbindung mit Françoise geboren –ein Junge, Claude, und ein Mädchen, Paloma. Für sie machte er Zeichnungen und Figuren, die von den Kindern begeistert aufgenommen wurden.

Die Stierkampfkunst

Als Picasso nach La Californie, in der Nähe von Cannes, zog, kam er wieder in den Bann der Stierkämpfe und ihrer Atmosphäre. Sie faszinierten ihn schon als Kind in Malaga -vielleicht ein Erbteil seines Vaters, der sie auch sehr liebte.

Picasso betrachtete diese Welt aus einem sehr persönlichen Blickwinkel. Das Interessante für ihn war der Kampf zwischen dem Stier und dem Pferd, zwischen dem Stier und dem Menschen. Der Stier war für ihn gewissermaßen die Verkörperung der Kraft, der Macht und der Brutalität, während das Pferd das Opfer darstellt, das nie ganz stirbt, sondern mit ergreifender Intensität um sein Leben kämpft.

In diesen Jahren nahm er auch wieder Kontakt mit Barcelona auf und machte sich an die Ausführung eines alten Projektes aus den Jahren vor dem spanischen Bürgerkrieg: eine Illustration des Lebens von Pepe Hillo, einem berühmten Stierkämpfer aus Goyas Zeit. Mit schwarzen und weißen Tupfen schildert er die verschiedenen Momente und Bewegungen der Stierkampfkunst und besonders ausdrücklich den Kampf zwischen Mensch und Tier.

Las Meninas

In La Californie, wo er mit Jacqueline Roque lebte, bezog er Mitte August 1957 das neu gebaute oberste Stockwerk seines Hauses. Hier genoß er eine wunderbare, nur vom Gurren der Tauben unterbrochene Stille, und einen weiten Blick auf das Mittelmeer.

Mit fast zwanghafter Besessenheit begab er sich daran, *Las Meninas* von Velázquez zu interpretieren. Es entstand eine Serie von 58 Gemälden; 48 davon sind Interpretationen, die in kubistischem Malstil die Vision analysieren, die Velázquez von seinem Thema hatte.

Nachdem er einen Monat praktisch ununterbrochen an *Las Meninas* gearbeitet hatte, beschloß er, sich eine kurze Ruhepause zu gönnen. Und fing an, die Tauben vor seinem Fenster zu malen. Licht und Farbe des Mittelmeers erfüllen diese delikaten Bilder, so als brauche er eine Abwechslung von der dumpfigen Atmosphäre der Meninas und habe ein Fenster zum Meer hin geöffnet.

In der gleichen Art -als beschaue er sich- malte er sein letztes Selbstbildnis vor dem Tod, der ihn am 8. April 1973 in Mougins erreichte.

Das Picasso-Museum

Wie wir gesehen haben, war Picassos Beziehung zu Katalonien in seinem Leben und Werk oft von entscheidender Bedeutung. Er selbst war sich dessen bewußt und riet seinem Freund Sabartés im Falle einer Schenkung, seine Gemälde der Stadt Barcelona zu vermachen.

Jaume Sabartés, Picassos Jugendfreund und seit 1935 sein Sekretär, hatte im Laufe der Jahre viele Gaben und Geschenke des Künstlers zusammengetragen. 1960 erreichte er ein Übereinkommen mit der Stadtverwaltung, das zur Gründung des Museums führte. 1963 wurde es ohne besondere Feierlichkeiten zur Besichtigung geöffnet.

1970 stiftete Picasso auch sein im Haus einiger Verwandter aufbewahrtes Jugendwerk. Dadurch wurde eine Erweiterung des Museums erforderlich, das heutzutage drei Paläste auf der Montcada-Straße einnimmt.

Im Jahre 1985 wurde ein weiteres Museum mit Werken von Picasso in Paris eingeweiht, auch in einem ehemaligen Palast.